Nuevos Rumbos
New Routes

Kars Karsen

Pen Culture Solutions
1-888-727-7204 (USA)
1-800-950-458 (Australia)
support@penculturesolutions.com

Nuevos Rumbos
New Routes

Kars Karsen

Pensà con tu corazòn ~

thìnk with your heart ~

~ Hablà con tu corazòn en tu boca ~

~ speàk with your heart in your mouth ~

Lo falso no se te cruza en tu camino, te quiere atacar por el costado pero no puede herirte porque vos estàs en tu camino ~

~ the false does not cross you in your path, it wants to attack you by the side but it can not injure you because you are in your path ~

~ Las frutas maduran en el momento que se necesitan ~

~ the fruits ripen at the time they are needed ~

Usà remedios y recetas naturalers para restablecer tu naturaleza ~

use natural remedies and recipes to re-establish your nature ~

● —— ●●　——— ——— ———　●●● ——　●

~ La realizaciòn de la vida es tan instantànea como prepararte un cafè instantàneo ~

~ the realization of the life is as instant as you preparing an instant coffee ~

● —— ●●　——— ——— ———　●●● ——　●

Nadie te puede parar cuando andàs en tu camino ~

nobody can stop you when you walk on your path ~

● —— ●●　——— ——— ———　●●● ——　●

~ Lo bueno es lo que va en favor de lo natural, lo malo es lo que va en contra de lo natural ~

~ the good is what goes in favor of the natural, the bad is what goes against of the natural ~

● —— ●●　——— ——— ———　●●● ——　●

No le des siempre razòn a tu razòn, sì dale siempre razòn a tu corazòn ~

do not always agree with your reason, do always agree with your heart ~

Si te salìs de la onda, volvè a ella con màs onda ~

~ if you get out of the vibe, return to it with more vibe ~

~ La intuiciòn es una màgica acciòn ~

~ the intuition is a magical action ~

~ A los animales no le importa tus problemas, tirà tus problemas ~

to the animals don't matter your problems, throw your problems away ~

El dar no te quita nada ~

~ the act of give doesn't take you nothing away ~

~ Volvè a vivir para volver a sentir ~

~ return to live to return to feel ~

● ━ ●● ━ ━ ━ ●●● ━ ●

Dàme tu corazòn estrujado, lo arreglarè con amor dado ~

gìve me your squeezed heart, I will fix it with given love ~

● ━ ●● ━ ━ ━ ●●● ━ ●

~ Dios no es una ilusiòn, es tu propia acciòn ~

~ god is not an illusion, is your own action ~

● ━ ●● ━ ━ ━ ●●● ━ ●

Nunca es tarde para volver a encontrarte contigo mismo ~

~ it is never late to return in finding you yourself ~

● ━ ●● ━ ━ ━ ●●● ━ ●

~ Dame tu mano que necesito adorarla, ella es una llave sin burla ~

give me your hand that I need to adore it, it is a key without derision ~

● ━ ●● ━ ━ ━ ●●● ━ ●

La benevolencia es una voluntad innata ~

the benevolence is an innate will ~

● — ● ●   — — —   ● ● ● —   ●

Dar para recibir es un egoìsmo ~

to give to receive is an egoism ~

● — ● ●   — — —   ● ● ● —   ●

Dejà que las alas que tienes te eleven siempre ~

let the wings that you have always elevate you ~

● — ● ●   — — —   ● ● ● —   ●

Lo que verdaderamente necesitas te llega siempre y en hora cierta ~

what you truly need comes always to you and on the right time ~

● — ● ●   — — —   ● ● ● —   ●

Caminar nunca cansa ~

to walk never tires out ~

● — ● ●   — — —   ● ● ● —   ●

La libertad es un aire purìsimo ~

the freedom is a very pure air ~

• — •• — — — ••• — •

~ Verte me reconforta ~

~ to see you comforts me ~

• — •• — — — ••• — •

Las ideas benevolentes son las màs pràcticas de hacer ~

the benevolent ideas are the most practical to realize ~

• — •• — — — ••• — •

Salgamos en aventura como hacen los animales salvajes ~

let us go on adventure as the wild animals do ~

• — •• — — — ••• — •

La intuiciòn siempre tiene buena intención ~

~ the intuition has always good intention ~

• — •• — — — ••• — •

Lo gratuito es lo màs necesario, tu vida misma ~

~ the gratuitous is the mòst necessary, your very life ~

● — ● ●   — — —   ● ● ● —   ●

Los flujos espirituales vienen como las olas del ocèano, sin parar ~

~ the spiritual flows come as the ocean waves come, without stopping ~

● — ● ●   — — —   ● ● ● —   ●

~ Todos seràn tus amigos, ya lo vas a ver ~

~ everybody shall be your friends, you are going to see it ~

● — ● ●   — — —   ● ● ● —   ●

~ La llamada del corazòn es irresistible ~

~ the call of the heart is irresistible ~

● — ● ●   — — —   ● ● ● —   ●

La naturaleza no se marchita ni se marcha

the nature does not wither nor does it leave

● — ● ●   — — —   ● ● ● —   ●

Seguì siendo tù mismo

keep being yoù yourself

Seguì tu perspicacia

follow your perspicacity

Capto lo que captas

I get what you get

No dejes de caminar

do not stop walking

La mano es la ayuda para vivir ayudando

the hand is the help to live helping

Pensà con tu corazòn

thìnk with your heart

Hablà con tu corazòn en tu boca speàk

with your heart in your mouth

Veo que dios necesita NUESTRA ayuda, quieres ayudar? sì o nò?

I see that god needs OUR help, do you want to help? yès or nò?

La espalda es un amigo que no vemos

the back is a friend that we don't see

Los animales salvajes no son calculadores egoìstas sinò astutos para sobrevivir

the wild animals are not selfish calculators but astute to survive

Lo falso no se te cruza en tu camino, te quiere atacar por el costado pero no puede herirte porqque vos estàs en tu camino

the false doesn't cross you in your path, it wants to attack by the side but it can not injure you because you are in your path

Artistas individuales son irremplazables

individual artists are irreplaceable

Un embaucador se embauca a sì mismo

a cheater does cheat to him/her-self

Las frutas maduran en el momento que se necesitan

the fruits ripen at the time they are needed

Usà remedios y recetas naturalers para restablecer tu naturaleza

use natural remedies and recipes to re-establish your nature

• — • •   — — —   • • • —   •

Dios da a todos gracia sin pedir gracias

god gives grace to all without asking for thanks

• — • •   — — —   • • • —   •

La realizaciòn de la vida es tan instantànea como prepararte un cafè instantàneo

the realization of the life is as instant as you preparing an instant coffee

• — • •   — — —   • • • —   •

Nadie te puede parar cuando andàs en tu camino

nobody can stop you when you walk on your path

• — • •   — — —   • • • —   •

Lo bueno es lo que va en favor de lo natural, lo malo es lo que va en contra de lo natural

the good is what goes in favor of the natural, the bad is what goes against of the natural

Usà el balde pero no hagas cosas en balde

use the bucket but don't do things for nothing

Astuto para evitar engaño astute

to prevent deceit

Imagine what it would be if you wake up in the morning, you open the window and you see that the nature
in the outside has left, has disappeared.
But the nature doesn't do this, it stays to help

imagina lo que serìa si tu te despiertas en la mañana, tu abres
la ventana y tu ves que la naturaleza en el exterior se ha ido, ha desaparecido. Pero la naturaleza no hace
èsto, se queda para ayudar

Lo que hacès es pura magia

what you dò is pure magic

●—●● —— —— —— ●●●—— ●

Dejà que la naturaleza te recupere y que te sane, al ritmo de la propia naturaleza

let that the nature recovers you and that it heals you, at the rhythm of the nature itself

●—●● —— —— —— ●●●—— ●

Tengo mi corazòn enganchado en mi pecho, y no va a desangrar nunca

I have my heart hooked in my chest, and it will never bleed out

●—●● —— —— —— ●●●—— ●

Sigo siendo un botija, quien vive ilusionado de un futuro iluminado

I keep being a young boy, who hopefully lives of an illuminated future

●—●● —— —— —— ●●●—— ●

No saltees ni salees las cosas, vivì de tu propia SANGRE espiritual

don't skip nor salt the things, live from you own spiritual BLOOD

• —— • •   —— —— ——   • • • ——   •

Vivir para sentir es convivir con tu propia naturaleza

to live to feel is to live together with your own nature

• —— • •   —— —— ——   • • • ——   •

No le des siempre razòn a tu razòn, sì dale siempre razòn a tu corazòn

don't always agree with your reason, do always agree with your heart

• —— • •   —— —— ——   • • • ——   •

Si te salìs de la onda, volvè a ella con màs onda

if you get out of the vibe, return to it with more vibe

• —— • •   —— —— ——   • • • ——   •

Decansà del mundo mundano, lo necesitàs

rest from the worldly world, you need it

• —— • •   —— —— ——   • • • ——   •

La intuiciòn es una màgica acciòn

the intuition is a magical action

Convida tu alma a todos con vida

invite your soul to all with life

El frìo es el marido del calor

the cold is the husband of the warm

A los animales no le importa tus problemas, tirà tus problemas

to the animals do not matter your problems, throw your problems away

La muerte es una parada que hay que vivir BIEN parado

the death is a stop that has to be lived WELL standed up

Dale tregua definitiva a la guerra continua

give definitive truce to the continuous war

● ▬ ● ●   ▬ ▬ ▬   ● ● ● ▬   ●

Lo que necesitas es escuchar los mensajes necesarios

what you need is to hear the necessary messages

● ▬ ● ●   ▬ ▬ ▬   ● ● ● ▬   ●

Sè ducho en lo que decìs mucho

bè knowing in what you much sày

● ▬ ● ●   ▬ ▬ ▬   ● ● ● ▬   ●

El sol brilla para ayudarte brillantemente

the sun shines to help you brilliantly

● ▬ ● ●   ▬ ▬ ▬   ● ● ● ▬   ●

La chispa de la vida te avispa

the spark of the live sharpens you

● ▬ ● ●   ▬ ▬ ▬   ● ● ● ▬   ●

Comè tambièn la tierra, es muy alimienticia

èat also the soil, it is very alimentary

Terminà lo que hacès para que entiendas tu parecer

finish what you do so that you understand your understanding

Dios no es una ilusiòn, es tu propia acciòn

god is not an illusion, is your own action

No quiero vivir con nadie que desconfìe de mì

do not want to live with nobody that mistrusts mè

Dàle con todo que asì bien sale

go ahead with all that so it well goes

Dame tu amor perfumado, querido ser alado

give me your perfumed love, dear alated being

El dar no te quita nada

the giving does not take you nothing away

Volvè a vivir para volver a sentir

return to live to return to feel

Dàme tu corazòn estrujado, lo arreglarè con amor dado

gìve me your squeezed heart, I will fix it with given love

Elecciona sì por ser el primero en conocerte a tì mismo, para que asì nadie te de la lecciòn

dò elect to be the first in knowing you yourself, so that in this way nobody gives you the lesson

● ━ ● ● ━ ━ ━ ● ● ● ━ ●

Tratar de curarte no te funciona, curate preguntàndole a la naturaleza

to try to heal yourself does not work to you, heal asking the nature

● ━ ● ● ━ ━ ━ ● ● ● ━ ●

Dame la vida entera y eterna que me ama

ive me the entire and eternal life that loves me

● ━ ● ● ━ ━ ━ ● ● ● ━ ●

Nadie ni nada te puede detener en tu aspiraciòn còsmica

nobody nor nothing can stop you in your cosmic aspiration

● ━ ● ● ━ ━ ━ ● ● ● ━ ●

Yo sè de algunos que duermen parados, no miento
I know of some that sleep standing up, I do not lie

La meta es que tu mente siga efectivamente funcionando
the goal is that your mind keeps effectively working

Que la gente que miente y esconde se dejen de hacerlo
that the people that lies and hides stop doing that

Nunca es tarde para volver a encontrarte contigo mismo
it is never late to return in finding you yourself

Dame tu mano que necesito adorarla, ella es una llave sin burla
give me your hand that I need to adore it, it is a key without derision

Trata a los demàs como tù te tratas a tì mismo

treat the others as yoù treat you yourself

● ━━ ● ●　　━━ ━━ ━━　　● ● ● ━━　　●

"DESCONFÌO" dijo alguien en medio de un gran lìo, pero luego dejò de desconfiar porque viò la buenaventura

"I DISTRUST" someone said in the middle of a big mess, but later he/ she stopped distrusting because he/ she saw the good luck

● ━━ ● ●　　━━ ━━ ━━　　● ● ● ━━　　●

La benevolencia es una voluntad innata

the benevolence is an innate will

● ━━ ● ●　　━━ ━━ ━━　　● ● ● ━━　　●

Dar para recibir es un egoìsmo

to give to receive is an egoism

● ━━ ● ●　　━━ ━━ ━━　　● ● ● ━━　　●

Ayuda a los demas como te ayudas a ti mismo

help the others as you help you yourself

•　—　•　•　　—　—　—　　•　•　•　—　　•

Dejà que las alas que tienes te eleven siempre

let the wings that you have always elevate you

•　—　•　•　　—　—　—　　•　•　•　—　　•

Lo que verdaderamente necesitas te llega siempre y en hora cierta

what you truly need comes always to you and on the right time

•　—　•　•　　—　—　—　　•　•　•　—　　•

Cada uno encaja perfectamente en el gran reloj del mundo universal e

ach one fits perfectly into the great clock of the universal world

•　—　•　•　　—　—　—　　•　•　•　—　　•

La soluciòn està al lado del problema

the solution is next tot he problem

•　—　•　•　　—　—　—　　•　•　•　—　　•

Cuando hace calor nos olvidamos del frìo, cuando hay amor desaparece el odio y la envidia

when it is warm we forget the cold, when there is love the hate and envy disappears

Caminar nunca cansa

to walk never tires out

La libertad es un aire purìsimo

the freedom is a very pure air

Verte me reconforta

to see you comforts me

Las ideas benevolentes son las màs pràcticas de hacer

the benevolent ideas are the most practical to realize

.-.. --- ...- .

Que todo salga bien

that all gets out well

.-.. --- ...- .

Salgamos en aventura como hacen los animales salvajes

let us go on adventure as the wild animals do

.-.. --- ...- .

La intuiciòn siempre tiene buena intenciòn

the intuition has always good intention

.-.. --- ...- .

Lo gratuito es lo màs necesario, tu vida misma

the gratuitous is the most necessary, your very life

.-.. --- ...- .

El sol le da color a la naturaleza

the sun gives color to the nature

• —•• —•—• ••— •

Los sueños son vivencias

the dreams are life experiences

• —•• —•—• ••— •

Los flujos espirituales vienen como las olas del ocèano, sin parar

the spiritual flows come as the ocean waves come, without stopping

• —•• —•—• ••— •

Todos seràn tus amigos, ya lo vas a ver

everybody shall be your friends, you are going to see it

• —•• —•—• ••— •

Que el que viò que cuente lo que viò

that the one that saw tells what she/he saw

• —•• —•—• ••— •

Que el que escuchò se haga escuchar

that the one that heard makes herself/himself heard

● ▬ ● ●　▬ ▬ ▬　● ● ● ▬　●

Porque el que no habla termina ladrando, aunque el ladrido no sea malo

because the one that does not speak out ends up barking, although the bark is not bad

● ▬ ● ●　▬ ▬ ▬　● ● ● ▬　●

Esperar no es fàcil, esperando se aprende facilmente

to await is not easy, by awaiting you learn it easily

● ▬ ● ●　▬ ▬ ▬　● ● ● ▬　●

Cada dìa sos diferente

every day you are different

● ▬ ● ●　▬ ▬ ▬　● ● ● ▬　●

Secciòn resurrecciòn es la màs atareada del cielo

resurrection section is the most busy section in heaven

● ▬ ● ●　▬ ▬ ▬　● ● ● ▬　●

No te dejes estar porque te va a acabar

do not let yourself be behind because it will end you

· — · ·   — — —   · · · —   ·

Maneja bien por la izquierda y por la derecha

drive well on the left and on the right

· — · ·   — — —   · · · —   ·

Toma sòlo cosas lijeras, lo pesado es pasado

take only light things, the heavy is past

· — · ·   — — —   · · · —   ·

Hacé el bien porque te va a ir bien

do the good because you will go good

· — · ·   — — —   · · · —   ·

Vivir con las manos atadas no es para ustedes, mis queridas hermosas hadas

to live with tied hands is not for you, my beloved beautiful fairies

· — · ·   — — —   · · · —   ·

La afliccìòn no es una buena dedicacìòn

the affliction is not a good dedication

Entrega lo màs lindo que tengas y seràs màs lindo que nunca

give the most beautiful you have and you will be more beautiful than ever

Que el ocio no te domine porque eso no es gracioso

that the idleness does not dominate you because that is not gracious

Dejàte llevar a cualquier natural lugar

let yourself be taken to any natural place

La inocencia salva a tu alma

the innocence saves your soul

Fruncir el ceño te entristece y te hace serio

to frown the brow makes you sad and makes you serious

Da lo vital porque eso es tu capital

give the vital because that is your capital

Canta canta y canta

sing sing and sing

No seas presumido porque eso es estar hundido

do not be smug because that is to be sunken

La llamada del corazòn es

irresistible the call of the heart is irresistible

No me dejes perderme, ser alado, ni tampoco que me enferme

don't let me be lost, alated being, nor let me be ill

Atornilla los tornillos del vivir para que tu vida tenga brillos

screw in the screws of living so that your life have glitters

Mañana serà aùn mejor que hoy

tomorrow will be even better than today

Que el ayer te dè fuerzas de hacer

that the yesterday gives you forces to do

La razòn le da razón al corazòn

the reason gives reason to the heart

Sè testarudo en defender la naturaleza

be stubborn in defending the nature

● ━ ● ●   ━ ━ ━   ● ● ● ━   ●

Todo està comprendido cuando te comprometes a lo entendido

all is understood when you compromise you to the understood

● ━ ● ●   ━ ━ ━   ● ● ● ━   ●

Nada como un delfin, sin encontrar fin

swim as a dolphin, without finding end

● ━ ● ●   ━ ━ ━   ● ● ● ━   ●

La amistad te deja dormir tranquilo

the friendship lets you sleep tranquil

● ━ ● ●   ━ ━ ━   ● ● ● ━   ●

No cambies el rumbo de tu ìmpetu

do not change the route of your impetus

● ━ ● ●   ━ ━ ━   ● ● ● ━   ●

Eres el capitàn de tu propio barco

you are the captain of your own ship

El negligente es tambièn buena gente, no lo estigmatices

the negligent is good people too, do not stigmatise her/him

Confià en los demàs

trust in the others

La hermandad es un tipo de amistad

the brotherhood is a kind of friendship

El cometer un pecado es como comerte un pescado, es mejor comer veganista

to commit a sin is like eating a fish, it is better to eat vegan

No le des pausas a tus pautas

do not give pauses to your guidelines

Salì de los lìmites mentales provocados por el miedo, el miedo es sòlo una amenaza, no le tengas miedo al miedo

get out of the mental limitations caused by the fear, the fear is only a threat, do not be afraid of fear

Lo que te corresponde es vivir tranquilo

what belongs to you is to live tranquil

Dale vueltas a las cosas hasta que las cosas te sirvan

turn things around until the things serve you

Lo bueno que te puede suceder es que perseveres en tu buen parecer

the good that can occur to you is that you persevere in your good insight

Dàle pistas a los demàs acerca de lo bueno que hacès, para que no se preocupen de vos

give hints tot he others about the good that you do, so that they do not worry about you

● ▬ ● ●   ▬ ▬ ▬   ● ● ● ▬   ●

Te digo que no tenès lìmites cuando amas mucho

I tell you that you do not have limits when you love much

● ▬ ● ●   ▬ ▬ ▬   ● ● ● ▬   ●

Èsto de la mente es algo frecuente, unì tu mente a tu corazòn para asì hacer un gran frente fuerte

this about the mind is something frequent, join your mind to your heart to then make a strong front

● ▬ ● ●   ▬ ▬ ▬   ● ● ● ▬   ●

Dàle prioridad al amor porque es lo mejor que podès hacer

give priority to the love because it is the best you càn do

● ▬ ● ●   ▬ ▬ ▬   ● ● ● ▬   ●

La vida se basa en la simplìsima respiraciòn

the life is based on the very simple breathing

Puedes ser como quieres ser porque eres el capo de tu entender y capitàn de tu hacer

you can be as you want to be because you are the boss of your understanding and captain of your doing

Querer no cuesta NADA

to love/want costs NOTHING

1 2 3 no veas las cosas al revès

1 2 3 do not see the things upside down

Los mensajes son tan antiguos como la antiguidad

the messages are as antique as the antiquity

La gracia, tu energìa interior, trasciende los poros de tu piel

the grace, your inner energy, transcend the pores of your skin

Dejàte ser amado, no te resistas

let yourself be loved, do not resist yourself

Invertì tu dinero en acciones benevolentes

invest your money in benevolent actions

El màs allà viene al màs acà para comunicarse y ayudarte

the mòre beyond comes to the mòre here to communicate and to help you

Los animales no son inferiores a los humanos, son simplemente iguales

the animals are not inferior to the humans, they are simply equal

No desperdicies tu vida, por favor, gracias

do not waste your life, please, thanks

Vivì, sentì, dejà tus huellas en èste mundo, y marchàte a nuevos rumbos

live, feel, leave your footprints in this world, and lèave to new routes

Llorà tus propias palabras, llorà por tus propias palabras

cry your own words, cry for your own words

La amistad es una necesidad que ayuda siempre a tu estabilidad

the friendship is a necessity that always helps to your stability

No dejes de jugar porque eso te hace bien al practicar

do not leave the playing because that does you good when practising

· — · ·   — — —   · · · —   ·

No te metas en rollos porque no son simples pollos

do not get into coils because that are not simple fowls

· — · ·   — — —   · · · —   ·

Camina erguido como un buen y sano ser humano

walk erect as a good and sound human being

· — · ·   — — —   · · · —   ·

Dàle cuerda a la naturaleza, la cuàl es siempre siempre cuerda

wind up the nature, which is always always sane

· — · ·   — — —   · · · —   ·

Alborota al vecindario con tu risa fuerte y alegre

riot the neighborhood with your strong and cheerful laughter

· — · ·   — — —   · · · —   ·

El diario pocas veces anuncia denuncias contra el mal, casi siempre sòlo escribe lo pasado y lo malo

the newspaper very few times announces denunciations against the bad, almost always only writes the past and the bad

Darte cuenta de las cosas naturales es importantìsimo porque te ayuda a tì mismo

to awake to the natural things is extremely important because they help you yourself

Si no tienes tiza para colorear el piso no podràs jugar a la rayuela, como lo hacìas en la escuela

if you do not have chalk to color the floor you will not be able to play pitch and toss, as you did at school

Comer carne es comer la sangre de animales asesinados

to eat meat is to eat the blood of assassinated animals

El tomate y la banana son los vegetales màs populares

the tomato and the banana are the most popular vegetals

Cuando ves una foto o un dibujo entiendes màs lo que se tradujo

when you see a photo or a drawing you understand more of the translated

Sos el dueño de tu futuro, brindado por la alcurnia celestial

you are the owner of your future, tendered by the celestial lineage

No le des tregua a lo que te agobia, seràs asì la estrella màs brillante

do not give truce to what burdens you, you will so be the brightest star

Con muy poco alcanzas tu meta, con muy muy poco

with very few you achieve your aim, with very very few

La clorofila verde de las plantas se convierte en sangre roja al comer vegetales, la clorofila y la sangre son hermanas

the green chlorophyll of the plants becomes red blood when eating vegetables, the chlorophyll and the blood are sisters

• — • •   — — —   • • • —   •

Los nùmeros te ayudan a que calcules lo que màs te conviene econòmicamente, ùsalos please

the numbers help you calculate what is the most economically convenient for you, use them please

• — • •   — — —   • • • —   •

Please, si me quieres soy feliz!

please, if you love me I am happy!

• — • •   — — —   • • • —   •

Dar es pasar al fuerte FRENTE benevolente

to give is to move to the strong benevolent FRONT

• — • •   — — —   • • • —   •

No te falta nada porque sos una celestial hada

you lack nothing because you are a heavenly fairy

● ━ ● ●   ━ ━ ━   ● ● ● ━   ●

El celeste del cielo que vemos es una combinaciòn del azul y blanco del cielo que habitualmente no vemos, pero que sì conocemos

the sky blue of the heaven we see is a combination of the blue and white of the heaven we usually do not see, but that we do know

● ━ ● ●   ━ ━ ━   ● ● ● ━   ●

Todo indica que tù eres todo

all indicates that yoù are all

● ━ ● ●   ━ ━ ━   ● ● ● ━   ●

Las tramuyas organizativas que se han hecho HECHO en la humanidad nos tiran arena en los ojos para evitar que veamos claramente lo natural

the organizational tricks that have been made MADE in the humanity do throw sand in the eyes to prevent that we clearly see the natural

● ━ ● ●   ━ ━ ━   ● ● ● ━   ●

Cuando tù me miras en mis ojos me regocijo como un buen hijo

when you look into my eyes I rejoice as a good son

Necesito abrazarte

I need to hug you

Que los kilos y muchas otras molestias no te vengan a raìz de los quìmicos que ingieras

that the kilos and many other discomforts do not come to you caused by the chemicals you may ingest

La naturaleza tiene soluciones para todo todo de todo, sòlo falta descubrirlas todas

the nature has solutions for all all of everything, just need to discover all of them

La belleza nos viene desde adentro, para que floresquemos como flores al viento

the beauty comes from inside, so that we flourish as flowers in the wind

La tierra gira porque le gusta marearse

the earth spins because it likes itself to feel dizzy

Dios le da su gracia a todos de todos, para que no nos diferenciemos mutuamente

god gives it's grace to everyone of everyone, so that we do not diferenciate mutually

Tu caminar hace el camino, hasta entre los arbustos

your walk makes the path, even in between the bushes

45

Sè astuto como los animales salvajes, no te dejes dominar por los humanos calculadores frìos y fritos

bè astute as the wild animals, do not allow to be dominated by calculating cold and fried humans

• —— • •   —— —— ——   • • • ——   •

Vivì con niños lo màs que puedas, la ayuda serà mutua

lìve with children as much as you can, the help will be mutual

• —— • •   —— —— ——   • • • ——   •

Todo buen entendedor se complace en escucharte

all good understander is pleased in listening you

• —— • •   —— —— ——   • • • ——   •

Todo buen payador explica cantando lo que ya sabes, pero de una forma màs entendible y divertida

all good town singer explains by singing what you already know, but in a more understandable and funny way

• —— • •   —— —— ——   • • • ——   •

El ritmo de la natural vida no te fatiga

the rhythm of the natural life does not fatigue you

Sè conscienzudo para asì ser oportuno

bè conscientious so that you then be opportune

No dès lo que te parezca sinò lo que es necesitado

do not give what it seems to you but what it is needed

El dar es un placer tan grande como el placer de ser

to give is such a great pleasure as the pleasure to be

Trata de arreglar las cosas para que no sea màs necesario el arreglarlas

try to fix the things so that it will not be necessary to fix them anylonger

El tiempo pasa para que nos demos cuenta de lo que pasa

the time passes so that we realize what happens/passes

No trates de cambiar al mundo con tus ideas por màs buenas que sean, el mundo madura como una fruta,
por sì mismo y por tu presencia en el mundo

do not try to change the world with your ideas no matter how good they are, the world matures as a fruit,
by itself and by your presence in the world

Si comes lo vegetal vas a entender màs de lo natural

if you eat the vegetal you are going to more understand the natural

Los viajes se hicieron para entender y conocer todo lo desconocido, luego vinieron los egoìsmos

the travels were made to understand and know all the unknown, thereafter the egoisms came

El conocimiento de tì mismo es tu verdadero cimiento

the knowledge of yourself is your true foundation

• — • •   — — —   • • • —   •

Hacè las cosas tal cual un artista pintor usa sus pinceles

do the things as an artist painter uses her/his brushes

• — • •   — — —   • • • —   •

Haz las cosas en forma sagaz

do the things in a sagacious way

• — • •   — — —   • • • —   •

No te preocupes del resultado, el buen final serà finalmente dado

do not worry about the result, the good final will be finally given

• — • •   — — —   • • • —   •

Siempre vas a ganar cuando tengas ganas

you will always win when you will want it

• — • •   — — —   • • • —   •

Pensar es un azar porque nunca sabès còmo va a terminar

to think is a random because you never know how it will end

El jornalero confìa en que mañana tendrà algùn dinero para ganar

the day laborer trusts that tomorrow she/he will have some money to earn

Hacè que lo nuevo se use siempre de nuevo

màke that the new is always used again

Los complicados jeroglìficos se hicieron para describir algo simple

the complicated hieroglyphs were made to describe something simple

Cuando tienes un amigo siempre tendràs buen cobijo

when you have a friend you will always have a good shelter

Lo que viene se va, pero tù te quedaràs

what it comes goes, but you will remain

● ▬ ● ●   ▬ ▬ ▬   ● ● ● ▬   ●

Lo que a mì me funciona te funciona tambièn a tì, pero de èsto no te puedo convencer, lo tenès que conocer por tì mismo

what works for me works also for you, but I can't convince you about this, you have to know it by you yourself

● ▬ ● ●   ▬ ▬ ▬   ● ● ● ▬   ●

Ahora ya es un dìa nuevo, ahora todo cambia

now it is a new day, now all changes

● ▬ ● ●   ▬ ▬ ▬   ● ● ● ▬   ●

El que dice y decide eres tù, mi capitàn

the one that says and decides is yoù, my captain

● ▬ ● ●   ▬ ▬ ▬   ● ● ● ▬   ●

Ahora que te veo te creo

now that I see you I believe you

No tomes màs de lo que te corresponde

do not take more than what your part is

No trates de tratar, haz tratando

do not try to try, do trying

PORQUE no sè es que estoy sabiendo

BECAUSE I do not knòw is that I am knowing

Reforzà tu sabidurìa para que nadie te diga lo que necesitas hacer con tu dìa reinforce

your wisdom so that nobody tells you what you need to do with your day

El agua no agota, aunque venga en gota

the water does not drain, even it comes in drop

Dale ahora tranqui para que salga clarito

give it now tranquil so that it clearly turns out

Si le tenès miedo a alguien es porque no sabès la fuerza que vos tenès

if you are afraid of someone is because you do
not know the strength that you have

Especializarse en la vida no requiere mucha altura ni mucha ayuda, la ayuda te vino viene y vendrà siempre

to specialize in the life does not require much altitude nor much help, the help always came comes and will
come

Hacète amigo de la naturaleza, un amigo que nunca te deja

make friend with the nature, a friend that never leaves you

• — • •   — — —   • • • —   •

Porque te amo, porque te veo, porque te creo, porque quiero estar contigo because I love you, because I see you, because I

believe you, because I want to be with you

• — • •   — — —   • • • —   •

Todo comenzò con una sòla ilusiòn

it all began with a single hope

• — • •   — — —   • • • —   •

Què enorme disparate que dispares balas para liquidar, no sabes lo que haces, estàs liquidado

what an enormous folly that you shoot bullets to liquidate, you do not know what you do, you are liquidated

• — • •   — — —   • • • —   •

Si aùn no entiendes hoy, entenderàs mañana a la mañana, segurìsimo

if you still do not understand today, you shall understand tomorrow morning, surest

· — · ·   — — —   · · · —   ·

Los pàjaros estàn contentos, "yo tambièn" dijo un espantapàjaros

the birds are happy, "me too" said a scarecrow

· — · ·   — — —   · · · —   ·

Rellena tu libro de vida con palabras escritas con tu sangre

fill in your book of life with words written with your blood

· — · ·   — — —   · · · —   ·

Un poco de verdad ya alcanza para que se haga realidad

a bit of truth is enough to it become a reality

· — · ·   — — —   · · · —   ·

Quièn no me dijo nada se perdiò la oportunidad de ayudarme

whoever did not tell me nothing did lose her/his opportunity to help me

· — · ·   — — —   · · · —   ·

Hacè màs de lo debido, eso tiene mucho sentido

do more than the right, that makes a lot of sense

● ▬ ● ●　　▬ ▬ ▬　　● ● ● ▬　　●

No le hagas parecer a los demàs que sos un capo, si lo hacès seràs un sapo

do not make the other seem that you are a better, if you do so you will be a worst

● ▬ ● ●　　▬ ▬ ▬　　● ● ● ▬　　●

No le des tu espalda a ninguno ni a ninguna, porque eso es cerrar la puerta a la luz de la amistad divina

do not turn your back to no man nor to a woman, because that is to close the door to the light of the divine friendship

● ▬ ● ●　　▬ ▬ ▬　　● ● ● ▬　　●

No nos paran màs (Pescado Rabioso, mùsicos de Argentina)

they do not stop us anymore (Rabid Fish, musicians from Argentina)

● ▬ ● ●　　▬ ▬ ▬　　● ● ● ▬　　●

La dictadura es muy dura y no dura

the dictatorship is very hard and it does not last long

La fè es una acciòn que requiere atenciòn

the faith is an action that requires attention

No le dès paso a las acciones muy pasajeras

do not give way to the very temporary actions

Mentir es lo que no hay que decir

to lie is what is not to be tell

Decidir es salir del sòlo decir

to decide is to go out of the jùst say

No te dejes atrapar por las trampas que te hacen ahogar

do not get caught by the skulduggeries that make you drown

• — • •   — — —   • • • —   •

Lo bueno de lo benevolente es que se convierte en tu volante y va siempre para adelante

the good of the benevolent is that it becomes your steering wheel and it always goes forward

• — • •   — — —   • • • —   •

La banana es algo que sana

the banana is something that heals

• — • •   — — —   • • • —   •

Dàle y dàle al trampolìn de tu vivir, chiquilìn!

gìve and gìve to the trampoline of your living, kid!

• — • •   — — —   • • • —   •

La dicha es buena porque te espera

the bliss is good because it awaits you

● ▬ ● ●　　▬ ▬ ▬　　● ● ● ▬　　●

Seguì el curso de la vida convivida

carry on the course of the lived together life

● ▬ ● ●　　▬ ▬ ▬　　● ● ● ▬　　●

"porque me quieres, porque me quieres" es el ùnico texto de mi himno nacional personal

"because you love me, because you love me" is the only text of my personal national anthem

● ▬ ● ●　　▬ ▬ ▬　　● ● ● ▬　　●

Dàme tu mano que asì me sentirè humano

give me your hand so that I then shall feel human

● ▬ ● ●　　▬ ▬ ▬　　● ● ● ▬　　●

La cara es la màs cara de econòmicamente mantener

the face is the most expensive to economically maintain

• — • •   — — —   • • • —   •

Ir de viaje no es un lastre

to go on a trip is not a ballast

• — • •   — — —   • • • —   •

Como tù me escuchas yo hablo

because you listen to me I speak

• — • •   — — —   • • • —   •

Pasa pasarà porque nadie se quedarà

pass will pàss because nobody will stay

• — • •   — — —   • • • —   •

Los nùmeros coinciden en pronosticar lo prevenido

the numbers coincide in foretell the warned

• — • •   — — —   • • • —   •

No te dès en baja porque eso no es una muy buena baraja

do not drop out because that is not a very good card

·—·· ——— ···— ·

No te olvides nunca de que mucho te amo

do not never forget that I love you much

·—·· ——— ···— ·

No te olvides mucho de que te amo mucho

do not forget much that I love you much

·—·· ——— ···— ·

Para salir adelante hay que sentir, cuanto antes lo màs refrescante

to get ahead you have to feel, the sooner the mòre refreshing

·—·· ——— ···— ·

Las religiones no son necesarias para mi pero las respeto, la naturaleza no sigue ninguna religiòn sinò sòlo a dios

the religions are not necessary to me but I respect them, the nature does not follow any religion but only god

·—·· ——— ···— ·

Dàme tu amor porque sinò me siento menor, con mucho dolor

gìve me your love because otherwise I feel less, with much pain

El sentir es vivir, el pensar es para explicar el sentir

to feel is to live, to think is to explain the feel

Tener dudas acerca del vivir te dan sòlo deudas de còmo actuar

to have doubts about the living gives you only debts of how to act

El cuerpo es la màquina perfecta para que tù vivas una vida perfecta

the body is the perfect machine so that you live a perfect life

Tu camino es tu puerta perfecta

your path is your perfect door

My message of today Sunday 23 april 2023, via WhatsApp: "I used to go tot he church on Sunday when I was a kid, NOT to listen tot he father at all BUT to see/watch nice looking girls that went very well dressed to the church". – Answer from friend Enrique just now (friend since my childhood in Uruguay): "the young, well-dressed girls, were the nuns?" (joke)

Mi mensaje de hoy domingo 23 del 2023, via WhatsApp: "yo solìa ir a la iglesia los domingos cuando yo era un niño, NO para escuchar al cura para nada SINO para ver/mirar lindas niñas que iban muy bien vestidas a la iglesia". — Contestaciòn de Enrique (amigo desde mi infancia en Uruguay): "las jòvenes bien vestidas niñas, eran las monjas?" (chiste)

Todas las flores son lindas

all flowers are beautiful

No le des siempre razòn a tu razòn, sì dale siempre razòn a tu corazòn

do not always agree with your reason, do always agree with your heart

Life itself is simple. So keep your life simple.
Simplicity is key, always and all-ways

la vida en sì misma es simple. Asì que mantiene tu simple vida.
La simplicidad es clave, siempre y en todos los caminos

● ▬ ● ●   ▬ ▬ ▬   ● ● ● ▬   ●

Amar lo bueno te salva de lo malo

to love the good saves you from the bad

● ▬ ● ●   ▬ ▬ ▬   ● ● ● ▬   ●

Querer tener un nuevo rumbo es el primer paso para tener un nuevo rumbo

to want to have a new route is the first step to have a new route

● ▬ ● ●   ▬ ▬ ▬   ● ● ● ▬   ●

La humildad es lo que necesitamos mantener en un mundo lleno de desigualdad

the humility is what we need to keep in a world full of inequality

● ▬ ● ●   ▬ ▬ ▬   ● ● ● ▬   ●

El amor transforma al dolor en valor para asì poder seguir viviendo en felicidad como una flor

the love transforms the pain into courage so to then be able to continue living in happiness as a flower

● —— ● ●   —— —— ——   ● ● ● ——   ●

Reconocer tus errores cometidos, y pedir perdòn por ellos a quièn le hiciste tus errores, es lo màs acertado que podès hacer para rehacer tu vida, la cual es y serà SINO perdida

to recognize your committed errors, and to ask for forgiveness to the one you committed your error, is the most sane that you can do to redo your life, which is and shall be OTHERWISE lost

● —— ● ●   —— —— ——   ● ● ● ——   ●

se trata de ayudar a nuestro amigo Dios usando toda la naturaleza verde -

it is about to help our friend God by using all the green nature -

● —— ● ●   —— —— ——   ● ● ● ——   ●

- el que quiere, llega -

the one that loves/wants, arrives -

● —— ● ●   —— —— ——   ● ● ● ——   ●

- no te olvides que sos protegido -

do not forget that you are protected -

● ▬ ● ●   ▬ ▬ ▬   ● ● ● ▬   ●

- si tenès frio afuera, andà al adentro calido -

if you àre cold outside, gò to the warm inside -

● ▬ ● ●   ▬ ▬ ▬   ● ● ● ▬   ●

- no te pierdas en hacer cosas sin amor -

do not get lost in doing things without love -

● ▬ ● ●   ▬ ▬ ▬   ● ● ● ▬   ●

la naturaleza humana es una parte muy muy pequeña de la naturaleza universal –

- the human nature is a very very small part of the universal nature -

● ▬ ● ●   ▬ ▬ ▬   ● ● ● ▬   ●

llama "amigo" a un "conocido" que conozcas desde hace un tiempito -

call "friend" to a "known" that you know since a little while -

● ▬ ● ●   ▬ ▬ ▬   ● ● ● ▬   ●

necesitas tener amigos, por muchisimas buenas razones -

you need to have friends, for very many good reasons -

● ▬ ● ●   ▬ ▬ ▬   ● ● ● ▬   ●

- usa tu intuiciòn porque es un halcòn que te ayuda en tu dia y en toda toda tu vida -

use your intuition because it is a falcon that helps you in your day and in all all your life -

● ▬ ● ●   ▬ ▬ ▬   ● ● ● ▬   ●

confia en la naturaleza totalmente y ciegamente -

trust the nature totally and blindly -

● ▬ ● ●   ▬ ▬ ▬   ● ● ● ▬   ●

no te dejes tentar por los tentàculos de lo mundano espectacular -

- do not let yourself be tempted by the tentacles of the spectacular mundane -

● ▬ ● ●   ▬ ▬ ▬   ● ● ● ▬   ●

- la virtud es algo natural recibido para que tengas siempre salud -
the virtue is something natural received so that you always have health -

dar y ayudar no aburren porque son unos propositos de tu vivir -

to give and to help do not bore because they are some purposes of your living -

el miedo sòlo entra en tì si tù lo dejas entrar -

- the fear ònly enters into yoù if yoù allow it to enter -

no le tengas miedo al miedo, se disipa con tu cuerdo buen pensamiento -

- do not fear the fear, it dissipates with your sane good thought -

- es mejor tener una "mala" estimaciòn que no tener ninguna estimaciòn "para nada" -

- it is better to have a "bad" estimation than to have none estimation "at all" si no tenes informacion perfecta para tomar una decisiòn, estima la informaciòn necesaria y decidì, porque decidir te lleva siempre hacia adelante, aunque no seas perfecto ni que hayas hecho una decisiòn perfecta -

- if you do not have perfect information to make a decision, estimate the necessary information and decide, because decision always brings you forward, even if you are not perfect nor that you have made a perfect decision -

- elegì las frutas y verduras que te ATRAIGAN a tì en el mercado o en el campo -

- elect the fruits and vegetables that ATTRACT you in the market or in the field -

- no dejes nunca esperar al amor, no lo pospongas ni 1 minuto o 1 segundo -

- do not ever let the love await, do not postpone it even for 1 minute or for 1 second -

tu oficina y fàbrica es tu cuerpo y es asì totalmente ambulante, el jefe humilde es tu corazòn y el no te obliga
a nada porque te ama y confìa en tì desde y hasta siempre -

your office and factory is your body and so totally mobile, the humble boss is your heart and she/he does
not obligate you for anything at all because she/he loves you and trusts in you since ever and forever -

●—●●　—　—　—　●●●—　　●

- ama al pròjimo con tu propio amor, el cual no es aprendido -

love your neighbour with your own love, which is not learned -

●—●●　—　—　—　●●●—　　●

dàle vueltas a las cosas pertinentes hasta que te salgan, no esperes demasiado tiempo -

spin around the pertinent things until they go out by you, do not wait overly time -

●—●●　—　—　—　●●●—　　●

- se consciente y se entonces condescendiente -

- be conscious and be then condescending -

●—●●　—　—　—　●●●—　　●

- no quieras ser un ser divino, ya lo sos -

- do not want to be a divine being, you are it already -

• —— • •   —— —— ——   • • • ——   •

No es que yo QUIERA ser Uruguayo, yo SOY Uruguayo

it is not that I WANT to be Uruguayan, I AM Uruguayan

• —— • •   —— —— ——   • • • ——   •

- el amor es saludable -

- the love is healthy -

• —— • •   —— —— ——   • • • ——   •

- no està perdido quièn pelea por el amor -

- it is not lost who quarrels for the love -

• —— • •   —— —— ——   • • • ——   •

- el amor tuyo me lleva a dònde quiero estar -

- your love takes me to where I want to be -

• —— • •   —— —— ——   • • • ——   •

- el amor te purifica hasta tu ùltima ultìsima tripa -

- the love purifies you until your last latest gut -

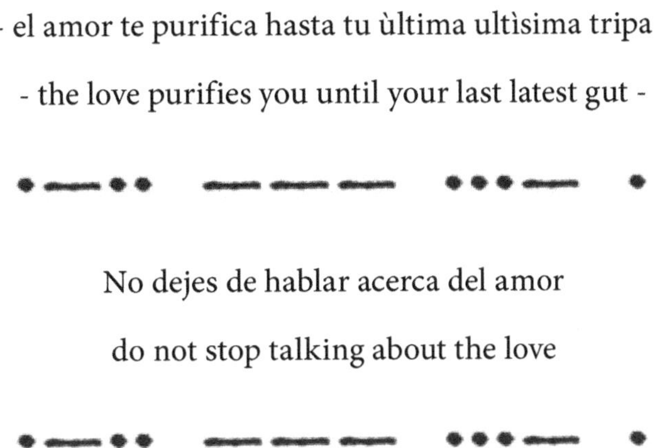

No dejes de hablar acerca del amor

do not stop talking about the love

Es mi vida un camino espiritual o fìsico material? Es un camino fìsico, porque sinò no hubieses nacido en un mundo fìsico. Y lo espiritual te ayuda para que vivas en harmonìa natural con lo natural y alcances asì tu meta final de tu camino terrestre, y luego tu celestial -

Is my life a spiritual path or physical material? It is a physical path, because otherwise you would not have been born in a physical world. And the spiritual helps you to live in natural harmony with the natural and so reach your finish line of your terrestrial road, and then your heavenly -

what is not today is going to come -

lo que no es hoy va a venir -

The good is always here, and everywhere

lo bueno esta siempre aquì, y en todos lados

● ━ ● ●   ━ ━ ━   ● ● ● ━   ●

la paciencia es una ciencia -

the patience is a science -

● ━ ● ●   ━ ━ ━   ● ● ● ━   ●

llorar es florecer, revivir -

to cry is to flourish, to revive -

● ━ ● ●   ━ ━ ━   ● ● ● ━   ●

- ve, anda, con tu dios -

go, walk, with your god -

● ━ ● ●   ━ ━ ━   ● ● ● ━   ●

lo que se plantò, creciò -

- what was planted, grew up -

● ━ ● ●   ━ ━ ━   ● ● ● ━   ●

no te dejes embaucar por nadie -

do not be fooled by anyone -

• —•• ••   —• —• —•   ••• —•   •

vivir es lo mas lindo que hay -

- to live is the most beautiful thing there is -

• —•• ••   —• —• —•   ••• —•   •

- no soy rico, soy pobre, pero tengo lo suficiente -

- I am not rich, I am poor, but I have the necessary -

• —•• ••   —• —• —•   ••• —•   •

- te amo -

- I love you -

• —•• ••   —• —• —•   ••• —•   •

- amar es vivir –

- to love is to live -

• —•• ••   —• —• —•   ••• —•   •

vìstete bien para tus vecinos, no para impresionar a los desconocidos –

get dressed well for your neighbors, not to impress the unknowns -

para salir a flote tenès a veces que aflojar. y otras veces tenès que apretar -

to come out you have sometimes to loosen up, and other times you have to tighten up -

las olas del ocèano nunca paran, somos tambièn olas -

the waves of the ocean never stop, we are also waves -

tu no eres superwoman ni supermàn, pero si vuelas, y no hay kryptonita que te detenga, nada de nada -

you are not superwoman nor superman, but you do fly, and there is no kryptonite that stops you, nothing and nothing -

75

para amar no se necesita nada de nada -

to love nothing and nothing is needed -

● ▬ ● ●   ▬ ▬ ▬   ● ● ● ▬   ●

reìrte a solas es muy bueno, reìrte en companìa es sobresaliente -

to laugh alone is very good, to laugh in company is outstanding -

● ▬ ● ●   ▬ ▬ ▬   ● ● ● ▬   ●

- cuando tengas ganas de divertirte, hacèlo -

- when you feel having fun, dò it –

● ▬ ● ●   ▬ ▬ ▬   ● ● ● ▬   ●

- los gatos y los jaguares siempre se caen parados, no sè exactamente por què, pero siento que nosotros somos en realidad como ellos –

- the cats and jaguars always fall standing, I do not know exactly why, but I feel that we in reality are like them -

● ▬ ● ●   ▬ ▬ ▬   ● ● ● ▬   ●

no esperes a vivir fabulosamente en otro mundo, sì vive simplemente y humildemente en èste mundo, y asì
veràs que èste mundo es fabuloso -

do not wait for living fabulously in another world, do live simply and humbly in this world, and so you shall
see that this world is fabulous -

• —— • •   —— —— ——   • • • ——   •

- el temor y el dolor lo quitas con tu valor y tu amor -

- the fear and pain is removed with your courage and your love -

• —— • •   —— —— ——   • • • ——   •

- el cafè instantàneo no es la soluciòn instantànea -

- the instant coffee is not the instant solution -

• —— • •   —— —— ——   • • • ——   •

- la muerte no dara dolor al que viviò con mucho color -

the death does not give pain to the one that lived with much color -

• —— • •   —— —— ——   • • • ——   •

- los perros ladran porque son perros, si no ladrasen no serian nunca perros -
- the dogs bark because they are dogs, if they did not bark they would never be dogs -

- es mucho mejor tener un amigo que mil conocidos –

- it is much better to have one friend than to have thousand knowns -

- no creas en lo que dice otro, creè en lo que tù decìs -

- do not believe what another say, dò believe in what yoù say -

- no sos famoso sino muy muy hermoso -

- you are not famous but very very beautiful -

Chiste de amigo uruguayo Claudio, aquì en Holanda:
- Hay un vigilante en el cementerio?
- Sì, es el ùnico vivo!

Joke by uruguayan friend Claudio, here in Holland:
- Is there a watchman in the cemetery?
- Yes, he is the only alive!

Un amigo de infancia en Uruguay, Omar, cumple años pròximamente, y con èste motivo otro amigo, Walter, compuso èste anagrama: Omar come una mora en Roma, mientras yo armo con amor un ramo de maro –

- A friend from my childhood in Uruguay, Omar, has his birthday soon, and with this motive another friend, Walter, composed this anagram: Omar eats a mulberry in Rome, while I with love put together a maro (fruit flower and plant) bouquet (see above the wording in Spanish) -

- seamos niños adultos, adultos niños y niños niños ya lo fuimos –

- let us be children adult, adult children and children children we already were -

- kind zijn is heel mooi te bewaren tijdens je volwassen jaren -

- ser niño es muy hermoso de mantener durante tus dias de ser adulto -

to be a child is very beautiful to maintain during your days of being adult -

● ⎯ ● ●　　⎯ ⎯ ⎯　　● ● ● ⎯　　●

- focus on the good, good then comes and grows -

- enfocate en lo bueno, lo bueno entonces viene y crece -

● ⎯ ● ●　　⎯ ⎯ ⎯　　● ● ● ⎯　　●

Cartel en la entrada de una fiesta: "Entrada permitida sòlo para mujeres y para Kars" (chiste mìo)

sign on the entrance of a party: "Entry allowed only for women and for Kars" (my joke)

● ⎯ ● ●　　⎯ ⎯ ⎯　　● ● ● ⎯　　●

Lo màs lindo de la locura es estar loco (chiste mìo)

the nicest of madness is to be crazy (my joke)

● ⎯ ● ●　　⎯ ⎯ ⎯　　● ● ● ⎯　　●

Mujeres reciben preferencia, por eso quiero ser mujer! (chiste mìo)

women receive preference, that is why I want to be a woman! (my joke)

• ⸺ • •   ⸺ ⸺ ⸺   • • • ⸺   •

the animals live in peace, you don't need to tell them anything about peace, they know it. So let's us the humans live in peace, because we the humans are also animals, peace! –

los animales viven en paz, tù no necesitas decirles nada acerca de la paz, ellos la conocen. Asì que vivamos nosotros los humanos en paz, porque nosotros los humanos somos tambièn animales, paz! -

• ⸺ • •   ⸺ ⸺ ⸺   • • • ⸺   •

Yo hablàndole bastante fuerte al cajero de un almacèn lleno de productos biològicos: "tù no tienes nada gratis, por eso yo me voy!"

I talking quite loudly to the cashier of a grocery full with organic products: "yoù have nothing free of charge, that is why I am leaving!"

• ⸺ • •   ⸺ ⸺ ⸺   • • • ⸺   •

te oigo respirar, quiere decir que todavia no estas muerto!, que suerte! -

- I hear you breathing, that means you are not yet death!, what a luck! -

• ⸺ • •   ⸺ ⸺ ⸺   • • • ⸺   •

- todos venimos de La Luz, todos vamos a La Luz, y entretanto estamos iluminando este planeta al bailar en la discoteca -

- we all come from The Light, we all go to The Light, and in between we are illuminating this planet by dancing at the disco -

● ▬▬ ● ●   ▬▬ ▬▬ ▬▬   ● ● ● ▬▬   ●

el dudar de alguien es algo mental y molesto, el verdaderamente aceptar a ese alguien es algo del corazòn y reconfortante -

doubting someone is something mental and annoying, truly accepting that someone is something from the heart and comforting -

● ▬▬ ● ●   ▬▬ ▬▬ ▬▬   ● ● ● ▬▬   ●

- cuando uno quiere hacer algo necesario, ese algo se hace factible -

when someone wants to do something necessary, that something becomes feasible -

● ▬▬ ● ●   ▬▬ ▬▬ ▬▬   ● ● ● ▬▬   ●

el corazòn siempre toma las cosas en serio, sin hacerte serio sino confiante -

the heart always takes things seriously, without making you serious but confident -

● ▬▬ ● ●   ▬▬ ▬▬ ▬▬   ● ● ● ▬▬   ●

- la vida te invita a vivir –

- the live invites you to live -

·—·· ——— ···— ·

- no cambies el rumbo de tu ìmpetu –

- do not change the route of your impetus -

·—·· ——— ···— ·

vivì, sentì, dejà tus huellas en este mundo, y marchàte a nuevos rumbos -

live, feel, leave your footprints on this world, and go away to new routes -

·—·· ——— ···— ·

dejà que las alas que tienes te eleven siempre –

lèt the wings that you have always elevate you -

·—·· ——— ···— ·

Los monos son tan alegres y divertidos porque comen bananas (comprobado en estudios, por los nutrientes). No seas banana, come banana! the monkeys are so happy and funny because they eat bananas (proven by studies, because of the nutrients). Do not be banana, eat banana!

• — • •   — — —   • • • —   •

El tiempo pasa para que nos demos cuenta de lo que pasa

the time passes so that we realize about what passes/happens

• — • •   — — —   • • • —   •

Gracias amor! te amo mucho! gracias!

thanks love! I love you much! thanks!

www.ingramcontent.com/pod-product-compliance
Lightning Source LLC
Chambersburg PA
CBHW041036050726
47599CB00018B/1987